Kathrin Lena Orso liebt es, sich Geschichten für Kinder auszudenken. Neben Vorlese- und Bilderbüchern, schreibt sie auch Kinderlieder, Jugendromane und Comics.

Stéffie Becker wurde 1977 in Paris geboren. Mit 5 Jahren kam der Umzug nach Deutschland – Zeichenstifte und viele Bücher im Gepäck! Später studierte sie Kommunikationsdesign in Trier. 2002 machte sie sich als Illustratorin selbständig. Ihre Söhne teilen ihre Liebe zu Büchern und lümmeln gerne gemeinsam auf dem Sofa herum und lesen. Nur wenn die Sonne scheint und die Bienen summen dann stürmen sie nach draußen!

Carola Sieverding malt und zeichnet, seit sie einen Stift halten kann. Da ist es auch nicht verwunderlich, dass sie Design studierte und heute als Kinderbuchillustratorin arbeitet. Ihre Lieblingstiere sind übrigens Füchse!

MIX
Papier aus verantwortungsvollen Quellen
FSC® C002795
FSC www.fsc.org

Originalausgabe

ellermann im Dressler Verlag · Hamburg

Einband und farbige Illustrationen: Stéffie Becker
Logogestaltung und Illustration des Fuchses: Carola Sieverding
Druck und Bindung: Livonia Print SIA, Ventspils iela 50, LV-1002, Riga, Lettland
Printed 2019
ISBN 978-3-7707-0120-9
www.ellermann.de

Kathrin Lena Orso

Zauberhafte Prinzessinnen-Geschichten

Mit Bildern von Stéffie Becker

ellermann im Dressler Verlag · Hamburg

Besuch beim kleinen Fuchs

Willkommen in meiner gemütlichen Baumhöhle. Ich weiß, es ist noch ein bisschen unordentlich. Gerade bin ich nämlich von einer tollen Reise zurückgekommen. Wisst ihr, wo ich gewesen bin? Bei einer echten Prinzessin in einem richtigen Schloss. Das war vielleicht toll. Wir haben zusammen im Schlossgarten gespielt, und ich durfte auf einem wunderschönen Ball tanzen. Die Prinzessin hat mir sogar ein Geschenk mitgegeben. Ratet mal welches?
Liebt ihr auch Geschichten über Prinzessinnen? Wartet, irgendwo in meinem Bücherregal habe ich ein Buch. Hier ist es ja! Setzt euch schon mal auf das Sofa und kuschelt euch in die Decke. Ich gieße uns noch eine Tasse Pfotenwärmer-Tee ein. Mmmh … der schmeckt lecker.
Bereit? Dann kann es ja losgehen. Nun hört gut zu. Jetzt beginnt die erste Geschichte:

Die Nixenprinzessin

In den großen Weiten des blauen Ozeans lag ein verborgenes Königreich. Es war die Welt der Meerjungfrauen und Wassermänner. Ihre Häuser waren aus Muscheln und Korallen gebaut. In den Gärten wuchsen Hecken aus Seegras, und die Straßen wurden durch Laternenfische erleuchtet.
In der Mitte des Königreiches lag ein prachtvolles Schloss. Seine Mauern waren perlmuttfarben und funkelten bei jedem Lichtstrahl, der durch die Meeresoberfläche drang.
Im Schloss herrschte heute ein reges Treiben. Der Meereskönig und die Meereskönigin waren an diesem Abend zu einem großen Ball eingeladen worden, und überall wurden die Vorbereitungen dafür getroffen: Die Diener spannten die Seepferdchen vor die Kutsche, und die Meereskönigin und der Meereskönig machten sich in ihren Gemächern hübsch. Die kleine Nixenprinzessin Meara saß mit ihrem besten Freund Tibbe Tintenfisch auf dem Schminktisch und schaute ihrer Mutter zu.
»Warum dürfen wir nicht mitkommen?«, fragte Meara und verzog ihre Lippen zu einem Schmollmund.
»Meara, das habe ich dir doch schon so oft erklärt«, ant-

wortete ihre Mutter, während sie ihr Gesicht mit Algenpuder betupfte, damit es grün schimmerte.
»Der Ball ist nur für Erwachsene. Du bist noch zu jung dafür«, sagte ihr Vater und kämmte sich seinen langen Bart.
»Aber ich bin ja schon viel älter«, sagte Tibbe und handelte sich einen bösen Blick von Meara ein. Tibbe schwamm zum Schmuckkästchen der Königin und hängte sich eine Perlenkette um den Kopf. »Großartig tanzen kann ich auch!« Der Tintenfisch vollführte eine Drehung, verhedderte sich mit seinen acht Armen in der Kette und landete auf der Seeigelbürste. »Aua!«
Die Königin nahm Tibbe auf den Arm und befreite ihn von ihrem Schmuck. Dann lächelte sie und sagte: »Du hast die wichtige Aufgabe, auf meine kleine Meara aufzupassen, während wir weg sind.«
»Aber natürlich, Frau Königin! Ich bin der beste Nixensitter im ganzen Ozean!«, sagte Tibbe stolz und stieß eine kleine Tintenwolke ins Wasser.

Kurz darauf brachten die Meereskönigin und der Meereskönig die kleine Nixe und Tibbe in ihre Kuschel-Muschel. Sie drückten Meara einen Kuss auf die Stirn und sagten: »Schlaf gut, kleine Prinzessin. Wir wünschen dir tausend Blubberblasen mit wunderschönen Träumen!«
Meara zog ihre Decke bis zur Nasenspitze und brummte: »Tschüss! Viel Spaß … ohne mich.«

Als die Eltern das Zimmer verlassen hatten, schwamm Meara zum Fenster und beobachtete, wie die Seepferdchenkutsche durch das Schlosstor glitt. Meara patschte mit ihrer Flosse auf den Boden. »Es ist so gemein. Immer darf ich bei den tollen Sachen nicht dabei sein! Ich bin sehr wohl alt genug: Schließlich kann ich schon den Quallenwalzer tanzen.«
Tibbe kroch aus der Kuschel-Muschel und schwamm zum Kleiderschrank.
»Wer sagt denn, dass wir nicht dabei sein werden?«, rief er und verschwand hinter der Schranktür.
Meara runzelte die Stirn: »Wie meinst du das?« Doch statt

einer Antwort drang nur ein lautes Rumpeln aus dem Schrank. Endlich kam Tibbe wieder heraus. Er trug einen achtärmeligen Frack und einen schwarzen Zylinder auf dem Kopf. »Das bedeutet, dass wir auch auf den Ball gehen werden«, sagte Tibbe.
Meara riss die Augen auf. »Was? Wir sollen da ganz alleine hinschwimmen? Aber wir kennen den Weg doch gar nicht. Und was ist, wenn uns meine Eltern auf dem Ball entdecken?«
Tibbe zog eine Meereskarte aus der Tasche des Fracks und sagte: »Den Weg finden wir ganz leicht. Ich bin der beste Kartenleser im ganzen Ozean. Und auf dem Ball wird so viel los sein, dass wir gar nicht auffallen werden.«
Nachdenklich neigte Meara den Kopf zur Seite. Ihre Eltern wollten, dass sie immer brav tat, was man ihr sagte, aber Spaß machte das überhaupt nicht.
»Na gut«, sagte Meara. Sie steckte sich einen mit Muscheln verzierten Reif in die Haare und sah Tibbe entschlossen an: »Schwimmen wir zum Ball!«
Sie glitten durch das Fenster aus dem Schloss. Dabei mussten sie gut aufpassen, damit sie nicht von den Wachen entdeckt wurden. Dann schwammen Meara und Tibbe durch die Straßen des Königreiches. Bald ließen sie die Häuser hinter sich und erreichten das offene Meer. Hier war Meara noch nie alleine geschwommen. Sie durfte das Königreich nicht verlassen, weil ihre Eltern das zu gefährlich fanden.

Meara sauste durch einen Vorhang aus Algen, machte einen Salto und schwamm mitten in einen Schwarm gelber Fische hinein.

»Ist das toll hier!«, jubelte Meara und folgte ihnen.

»Aber Meara, das ist die falsche Richtung«, rief Tibbe, der gerade einen Blick auf seine Meereskarte geworfen hatte. Doch die kleine Nixenprinzessin war schon mit dem Schwarm hinter einigen Felsen verschwunden. Tibbe musste Meara folgen, denn er durfte sie auf keinen Fall verlieren. Als er seine Freundin endlich eingeholt hatte, schwamm sie gerade in eine dunkle Höhle hinein. Tibbe eilte ihr hinterher und zwickte Meara in die Schwanzflosse.

»Was machst du denn da?«, fragte er vorwurfsvoll.

»Ich möchte wissen, wer hier wohnt«, antwortete Meara.

»Na, ich«, sagte eine tiefe Stimme, und ein dicker Kugelfisch erschien in der Dunkelheit.

»Was macht ihr in meiner Höhle?«

»Gar nichts«, sagte Tibbe schnell. »Wir sind nur falsch abgebogen.«

»Pah!«, winkte der Kugelfisch ab. »Ich glaub euch kein Wort. Habt ihr wenigstens etwas zu essen dabei?«

»Äh … nein. Tut uns leid«, stotterte Meara.

Der Kugelfisch kniff die Augen zusammen. »Ihr schwindelt doch. Was hast du da in deiner Tentakel?« Er deutete mit seiner Flosse auf Tibbes Meereskarte.

»Das ist nichts zu essen«, rief Tibbe und wollte die Karte hinter seinem Kopf verstecken. Aber der Kugelfisch war schneller. Blitzschnell schwamm er auf Tibbe zu, schnappte sich die Karte mit seinem Maul, und mit einem Happs hatte er sie auch schon hinuntergeschluckt. Er rülpste und verzog dann das Gesicht: »Also, lecker war das nicht. Und jetzt, husch, raus aus meinem Haus!«

Meara und Tibbe schwammen mit hängenden Köpfen aus der Höhle.

»Oh, Tibbe, es tut mir so leid«, sagte Meara zerknirscht. »Ich hätte vorhin nicht davonschwimmen sollen.« Sie ließ sich auf einen Stein sinken. »Das alles war eine wirklich blöde Idee. Wären wir doch bloß im Schloss geblieben. Ohne Meereskarte finden wir nie wieder zurück.« Meara begann zu schluchzen. So hatte sie sich den Ausflug nicht vorgestellt.

Tibbe strich Meara über den Kopf. »Nein, so schlimm wird es nicht. Schau mal, dort drüben!« Er deutete mit einem seiner Tentakel nach oben, wo eine feine Tintenspur im Wasser zu sehen war. »Sie führt bis zum Königreich. So kann ich dich wieder sicher nach Hause bringen. Du weißt doch: Ich bin der beste Tintenspurenleser im Ozean.«

Meara fiel ihrem Freund um den Hals, und dann machten sie sich auf den Weg zurück ins Schloss. Nie wieder würde sie heimlich ins offene Meer schwimmen! Jetzt freute sich Meara schon auf ihre Kuschel-Muschel, denn sie war von dem Abenteuer ganz schön müde geworden.

Der Besuch der Königin

Die Wendelsteins waren eine ganz normale Familie: Morgens schmierte der Vater beim Frühstück Pausenbrote für Emma und ihre kleine Schwester Sally. Anschließend fuhr die Mutter ihre Töchter mit dem Auto in den Kindergarten und ging dann in ihr Büro. Am Nachmittag spielten Emma und Sally zusammen in ihrem Kinderzimmer. Beim Abendessen erzählte sich die Familie dann, was sie den ganzen Tag erlebt hatte.
Ja, die Wendelsteins waren ganz normal – bis auf diese eine kleine Sache, die sie oft vergaßen: Sie waren eine königliche Familie, und an diesem Samstagmorgen in den Sommerferien wurden alle wieder mal daran erinnert …
Emma biss gerade in ihr Mohnbrötchen, als ihr Papa mit entsetztem Ausdruck im Gesicht einen Brief sinken ließ, den er gelesen hatte. Er war kreidebleich im Gesicht. »Was ist denn, Papa?«, fragte Emma mit vollem Mund.
»Großtante Ottilie will heute vorbeikommen. Sie war im Urlaub und macht auf der Heimreise einen Zwischenstopp bei uns«, antwortete er und fuhr sich mit der Hand durch die Haare.

»Oh Gott! Dann müssen wir ja noch das ganze Haus aufräumen!«, rief ihre Mama panisch. Sie begann, hektisch das Frühstücksgeschirr in den Geschirrspüler zu stellen.
»Wir bekommen Besuch«, lachte Sally und tanzte so wild mit ihrer Tasse um den Tisch, dass der Kakao überschwappte. »Aber wer ist denn diese Tante überhaupt? Ist sie besonders groß?«
»Nein, Sally-Schatz«, sagte ihr Papa und wischte den Kakao auf. »Deine Großtante ist die Königin von Volanien. Wir haben sie doch vor Kurzem in einer Fernsehsendung gesehen. Weißt du das nicht mehr?«
Sally verzog das Gesicht. »War das die Sendung, bei der alle still dagestanden sind und die große Tante die ganze Zeit geredet hat?«
Ihr Vater nickte, und Sally verschränkte die Arme vor der Brust. »Dann will ich nicht, dass die große Tante kommt. Da müssen wir bestimmt auch leise sein und still stehen.«
»Genau das ist unser Problem«, seufzte ihr Papa. »Großtante Ottilie hat geschrieben, dass sie sich überzeugen möchte, ob ihre Großnichten die Ferien wie richtige Prinzessinnen verbringen.« Er betrachtete Emma, die gerade dabei war, ein Mohnkorn aus ihrem Zahn zu popeln. »Wie sollen wir euch denn bis heute Nachmittag die königliche Etikette beibringen?«
»Eti…was?« Sally runzelte die Stirn.
»Etikette heißt gutes Benehmen …«, antwortete Emma und

war stolz, dass sie dieses schwierige Wort schon kannte.
»… und das bedeutet, dass du dir deinen Mund nicht am Tischtuch abwischen darfst.«
»Ach, das schaff ich«, sagte Sally und wischte sich ihre Kakaofinger an der Bluse ihrer Mutter ab.
Ihr Vater raufte sich die Haare und murmelte: »Das schaffen wir niemals!«
Emma, Sally und ihr Vater gingen ins Wohnzimmer. Hier wollte er den Mädchen alles Wichtige zeigen.
»Zuerst üben wir die Begrüßung«, sagte ihr Papa. »Junge Prinzessinnen müssen vor der Königin einen Knicks machen.« Er ging mit seinen Knien leicht in die Hocke und sah seine Töchter erwartungsvoll an. »Und jetzt ihr.«
Emma machte die Bewegung nach. Das war wirklich nicht schwer.

»Schau mal!«, rief Sally. »Ich kann fast einen Spagat! Das findet die große Tante bestimmt auch toll.«
»Pah«, machte Emma. »Kann ich doch schon lange. Und einen Purzelbaum sowieso.«
»Nein, nein, nein!«, sagte Emmas Vater. »Ihr sollt doch keine Turnübungen vorführen!«
»Wie langweilig«, murrte Emma. Doch dann zeigten beide Mädchen ihrem Vater einen perfekten Knicks.
Anschließend wollte Emmas Vater mit seinen Töchtern das richtige Benehmen beim Essen üben. Die Mädchen setzten sich an den Tisch. Vor ihnen standen jede Menge Teller, Gläser und Besteck. Allerdings war alles leer.
»Wo ist denn das Essen und das Trinken?«, fragte Emma.
»Wir tun jetzt nur so, als ob wir essen würden«, antwortete ihr Papa.
»Versteh ich nicht. Wieso das denn?« Sally kratzte sich am Kopf.
»Weil ihr erst mal lernen müsst, wofür die verschiedenen Bestecke benutzt werden. Es gibt

nämlich unterschiedliche Löffel, Messer und Gabeln – für die Suppe, den Salat oder den Fisch.«
»Bäääh … ich mag aber gar keinen Fisch!«, sagte Emma. »Der ist glitschig.«
Sally verzog das Gesicht. »Und ich esse keinen Salat. Letztes Mal war da eine Nacktschnecke drin. Pfui!«
Ihr Vater atmete tief durch. »Ihr müsst das doch nicht wirklich essen, ihr sollt euch das nur v-o-r-s-t-e-l-l-e-n!«
Emma schüttelte verständnislos den Kopf. »Wir sollen unsichtbares Essen essen?«
Ihr Papa wurde erst knallrot im Gesicht, dann kreidebleich und wieder knallrot. Er verließ das Zimmer und kam kurz darauf zurück. »Mama hat eure schönen Kleider gebügelt. Ihr dürft sie anprobieren. Ich brauch mal kurz eine Pause!«
Emma kniff die Augen zusammen und sagte: »Na gut. Aber hoffentlich müssen wir keine unsichtbaren Kleider anziehen.«
Sie wurde nicht enttäuscht: Die Kleider gab es wirklich,

und sie waren wunderschön! Mama erzählte, dass sie ganz alt wären und schon viele andere Prinzessinnen sie getragen hatten. Allerdings waren sie sehr lang, und die beiden stolperten dauernd darüber. Während sie so würdevoll wie möglich durch das Wohnzimmer schritten, gingen zwei Vasen, eine Standuhr und der Bilderrahmen mit dem Familienfoto zu Bruch. Ihre Mama lief mit dem Handfeger hinter ihnen her und seufzte ununterbrochen.

Nach dem Mittagessen wurden Emma und Sally in ihr Zimmer geschickt. Dort sollten sie sich möglichst ruhig verhalten, bis ihre Großtante kam, und auf keinen Fall ihre Kleider dreckig machen oder Zacken aus den Krönchen brechen.

»Wie sie wohl aussieht?«, fragte Sally nachdenklich und zupfte an ihrem Rocksaum herum.

»Na, wie eine richtige Königin«, antwortete Emma. »Sie trägt ein schönes Kleid, glitzernden Schmuck und eine riesige Krone auf dem Kopf.«

Endlich klingelte es an der Haustür. Emma und Sally gingen vorsichtig die Treppe hinunter. Sie stellten sich mit ihren Eltern, die sich ebenfalls schick angezogen hatten, vor der Haustür auf. Emmas Herz klopfte nun ein bisschen schneller. Ihr Vater öffnete die Tür, und … was war das denn? Vor ihnen stand keine Königin, sondern eine lustige alte Dame mit einer grauen Kurzhaarfrisur. Sie trug eine Sonnenbrille, ein Shirt, auf dem ein Surfer abgebildet war, und pinke Shorts.

»Großtante Ottilie«, stotterte Papa, und Emma und Sally machten schnell einen Knicks.

»Warum habt ihr euch denn so herausgeputzt?«, fragte Großtante Ottilie. »Im Brief hatte ich doch geschrieben, dass ich sehen will, ob meine Großnichten ihre Ferien wie Prinzessinnen verbringen.«

»Ja … äh …« Ihr Papa brachte keinen richtigen Satz heraus. Großtante Ottilie legte Emma und Sally die Arme um die Schultern. »In den Ferien müssen kleine Prinzessinnen ins Schwimmbad gehen und Eis essen. Habt ihr Lust?« Emma und Sally nickten. Mit so einer Königin wollten sie gerne den Tag verbringen!

Das Puppenschloss

Ein Sonnenstrahl fiel durchs Fenster herein und kitzelte Lina an der Nasenspitze. Sie blinzelte kurz und war sofort hellwach: Heute kam Oma zu Besuch! Lina sprang fröhlich aus dem Bett.

Nach dem Frühstück wartete sie ungeduldig am Fenster, bis endlich der kleine Bus von Oma in die Einfahrt bog.

»Sie ist da!«, rief Lina ihrer Mama zu. Dann stürmte sie nach draußen und sprang ihrer Oma in die Arme.

»Soll ich dir etwas verraten? Ich habe eine Überraschung für dich dabei!«, lachte Oma und machte dabei ein geheimnisvolles Gesicht.

Lina sah sich neugierig um. »Wo ist sie denn? In deiner Handtasche?«

Oma schüttelte den Kopf. »Nein, für meine Handtasche ist die Überraschung viel zu groß. Sie ist noch im Bus.« Oma öffnete die Schiebetür, und vor Lina stand ein riesiges Puppenhaus. Nein, eigentlich war es eher ein Puppenschloss! Nach vorne hin war es offen, damit man alle Zimmer beim Spielen gut erreichen konnte. Außen war es rosa angestrichen, und auf dem Dach thronten vier goldene Türme. In einer Kiste, die daneben stand, konnte Lina einige Puppenmöbel erkennen. Vor Staunen brachte sie kein Wort heraus. »Das Puppenschloss hat mir meine Großmutter geschenkt, als ich selbst ein Kind war. Jetzt soll es dir gehören! Gefällt es dir?«, fragte Oma. Lina nickte lächelnd. Das war das schönste Geschenk, das sie jemals bekommen hatte. Während Mama und Oma Kaffee tranken, räumte Lina in ihrem Zimmer die Puppenmöbel in das Schloss. Es gab zwei Betten, eine Kommode, einen Kleiderschrank und die Kücheneinrichtung. Ganz unten in der Kiste lagen zwei Püppchen. Beide hatten lange Haare, in denen kleine Krönchen steckten. Ein Püppchen trug ein rotes Kleid und die andere ein lilafarbenes. Lina setzte die beiden an den Puppen-Küchentisch. Gedankenversunken spielte Lina mit den neuen Spielsachen, bis ihre Mutter sie zum

Mittagessen rief. Den Nachmittag verbrachten sie mit Oma auf dem Spielplatz.
Nachdem sich Lina abends die Zähne geputzt hatte, legte sie die beiden Prinzessinnen in die Betten. »Schlaft gut!«, sagte Lina. »Morgen spielen wir wieder zusammen.« Sie wollte gerade aufstehen, als sie am Boden im unteren Geschoss eine seltsame Wölbung im Boden sah. Lina fuhr mit dem Finger darüber. Das Puppenschloss war schon sehr alt. Bestimmt hatte ein Kind beim Spielen mal nicht aufgepasst und eine Delle hineingeschlagen. Doch als Lina auf die Wölbung drückte, sprang eine kleine Luke im Boden auf. Darin lag ein rotes Samtsäckchen. Neugierig zog Lina die Kordel auf. In dem Säckchen war goldschimmernder Staub. Gerade als sich Lina eine Prise auf die Hand gestreut hatte, betrat ihre Oma das Zimmer. Ein kühler Windzug wehte durch den Raum und verteilte den funkelnden Staub im Puppenschloss.

Na ja, ich hab ja noch genug, dachte Lina und versteckte das Samtsäckchen schnell wieder in dem Geheimfach.
Oma brachte Lina ins Bett, und kurz darauf fielen ihr auch schon die Augen zu.
In der Nacht wurde Lina plötzlich von merkwürdigen Geräuschen geweckt. Sie setzte sich auf und sah sich um.

Dann zuckte sie zusammen: In ihrem Puppenschloss brannte Licht! Lina stieg vorsichtig aus dem Bett und ging zum Schloss. Vielleicht gab es darin eine kleine Lampe, die sie vorhin aus Versehen angeknipst hatte? Als sich Lina vor das Puppenschloss kniete, stockte ihr der Atem: In der Puppenküche saßen die beiden Prinzessinnen und tranken Tee aus winzigen Tassen.
»Hallo, Lina«, sagte die Prinzessin im roten Kleid. »Da bist du ja endlich. Vielen Dank, dass du uns zum Leben erweckt hast.«
»Wa...wa...was hab ich?«, stotterte Lina.
»Na, du hast den Zauberstaub auf uns gepustet«, sagte die Prinzessin im lilafarbenen Kleid. »Ich bin übrigens Lavenda.«
»Und ich bin Poppy«, sagte die Prinzessin im roten Kleid. »Also, was unternehmen wir jetzt?«
Lina rieb sich die Augen. Sie war sich nicht sicher, ob sie gerade träumte. Aber nein – ihre beiden Spielpüppchen redeten tatsächlich mit ihr!
»Ich hab riesigen Hunger«, sagte Lavenda. »Wir könnten doch etwas zu essen machen!«
»Au ja«, rief Poppy und klatschte in die Hände. »Ich möchte Pfannkuchen.«
Und schon kletterten die beiden Prinzessinnen flink aus dem Schloss und flitzten durch

Linas Zimmertür, die zum Schlafen immer einen Spalt offen stand. Lina rannte den beiden Püppchen hinterher. Im Haus war es dunkel. Oma und Mama schienen schon ins Bett gegangen zu sein. Sie betrat die Küche und knipste das Licht an. Poppy und Lavenda standen vor dem Ofen und riefen: »Wir wollen Pfann-ku-chen!«

»Pssst«, machte Lina und legte ihren Finger an die Lippen. »Meine Mama darf nicht aufwachen.« Dann sah sie sich nervös in der Küche um. »Ich hab noch nie alleine Pfannkuchen gemacht.«

»Ach, das ist ganz leicht«, beruhigte Poppy sie. »Wir brauchen Eier, Milch und Mehl.«

Lina holte die Sachen aus den Schränken heraus, während Poppy und Lavenda sie neugierig von der Küchenzeile aus beobachteten. Jetzt fehlte nur noch die Mehldose, aber die stand ganz oben im Regal.

»Wie komm ich da nur ran?«, fragte Lina und deutete auf die Dose.

»Kein Problem«, rief Poppy und kletterte an den Regal-

brettern hoch. Sie versuchte, die schwere Mehldose anzuheben.
»Lavenda, jetzt hilf mir doch mal«, rief Poppy ächzend, aber da war es schon passiert: Mit einem lauten Scheppern fiel die Dose zu Boden, und eine Mehlwolke breitete sich in der Küche aus. Starr vor Schreck, betrachtete Lina das Missgeschick. Sie sah durch das Glas in der Küchentür, dass im Flur das Licht angemacht wurde, und gleich darauf stand Oma in der Tür. »Was ist denn hier los?«, fragte sie und sah sich verwundert um.
Poppy und Lavenda winkten Oma lachend zu. Oma betrachtete die beiden Prinzessinnen und fasste sich dann an den Kopf: »Von Poppy und Lavenda wollte ich dir ja noch erzählen, Lina. Deine alte Oma wird langsam wirklich vergesslich.« Sie lächelte. »Na ja, aber jetzt habt ihr euch ja schon kennengelernt.«
»Zum Glück«, sagte Lavenda, und Poppy fügte hinzu: »Also, was ist nun mit unseren Pfannkuchen?«
»Wenn Oma uns hilft, klappt es bestimmt besser«, sagte Lina und sah ihre Oma mit einem schiefen Grinsen an.
»Ein nächtliches Pfannkuchenessen?«, fragte Oma und lachte. »Na, da mach ich doch auf jeden Fall mit!«

Die Seeräuberprinzessin

»Es gibt nichts Schöneres, als ein Seeräuber zu sein!«, rief Piraten-Pina aus vollem Hals und warf eine Handvoll Edelsteine in die Luft. Ihr kleines Boot schaukelte über die Wellen, während der Wind in den Segeln pfiff.
»Das war wirklich eine fette Beute«, sagte Ringo Ratte.
»Aber nur, weil ich die Schatzkarte so unglaublich gut gelesen habe«, belehrte ihn Schildbert, der Schildkröterich.
»Ja, ja … jetzt fangt bloß nicht wieder an zu streiten. Wir haben den Schatz gefunden, weil jeder mitgeholfen hat. Schließlich sind wir eine Piratenfamilie. Und jetzt freue ich mich auf zu Hause. Ich will endlich wieder in meiner Hängematte schlafen.« Pina sah durch ihr Fernrohr. Vor ihnen lag eine Insel. Es war nicht irgendeine Insel, sondern die Kakadu-Insel. Pina hatte sie einmal mit Schildbert und Ringo entdeckt und ihre Flagge in einer Baumkrone auf dem höchsten Berg befestigt. Seitdem waren sie die Herrscher über die Kakadu-Insel und Pina die Seeräuberprinzessin!
Doch heute stimmte mit der Insel etwas nicht. Pina drehte am Fernrohr, um es schärfer zu stellen. Am Strand ankerte

ein fremdes Piratenschiff. Wer das wohl war? Pina musste es herausfinden. Sie steuerte das Segelboot in eine versteckte Felsenbucht und brachte dort ihren Schatz in einer Höhle in Sicherheit. Dann machten sie sich auf die Suche nach den Eindringlingen. Ringo schnüffelte mit seiner Nase am Boden herum.
»Ich glaub, ich hab eine Spur«, sagte er. »Sie scheint in unser Lager zu führen.«
Pina runzelte grimmig die Stirn. »In unser Lager? Wenn die fremden Piraten auch nur ein einziges Goldstück in ihren Taschen verschwinden lassen, werde ich aus ihrem Schiff Brennholz machen.«
Kurz vor dem Lager legte Pina ihren Zeigefinger an die Lippen und machte: »Psst!« Dann schob sie einige Farne zur Seite. Was sie sah, ließ ihr den Atem stocken: In ihrem wunderschönen Lager waren vier Piraten! Einer lag in ihrer Hängematte, zwei bedienten sich an ihren Vorräten, und der Kapitän öffnete gerade die Schatztruhe. Er war ein großer Mann mit einem langen, verfilzten Bart. Auf dem Kopf trug er einen breitkrempigen Piratenhut, im Ohr steckten zwei kleine Ringe, und in seinem Gürtel blitzte ein Säbel. Doch am furchteinflößendsten waren seine Augen: Sie waren so schwarz wie Schießpulver.

»Männer«, rief der Kapitän, »es scheint, als ob es sich wirklich gelohnt hat, diese Insel zu erobern.«
Pina sprang aus der Deckung und brüllte: »Von wegen! Das ist meine Insel!« Die Piraten sahen sie einen Moment verblüfft an und begannen dann, dröhnend zu lachen.
»Harr, harr. Deine Insel?«, sagte der Piratenkapitän mit einem gefährlichen Grinsen. »Du trägst doch bestimmt noch Windeln unter deiner Kniebundhose.«
Pina wurde rot vor Zorn. Sie deutete auf ihre Krone, die sie sich aus Treibholz und Kakadufedern gebastelt hatte. »Ich bin die Seeräuberprinzessin der Insel. Und jetzt haut ab!«
Der Kapitän ging so nah auf Pina zu, dass sie jede einzelne Narbe in seinem Gesicht erkennen konnte. »Ich gebe dir einen guten Rat, kleines Mädchen: Spiel woanders Prinzessin. Die Insel gehört uns. Also mach, dass du Land gewinnst!«

Er packte Pina am Hemdkragen und schleuderte sie wie eine leere Kokosnuss in den Sand.
Während die Piraten ihrem Kapitän zujubelten, kroch Pina ins Gebüsch zurück, wo sich Schildbert und Ringo versteckt hatten. Pina setzte sich zerknirscht neben ihre Freunde in den Sand. »Ich kann doch nicht einfach zusehen, wie diese pupsblöden Piraten unsere Schätze rauben. Wir müssen sie irgendwie loswerden.«
»Das wird aber nur mit einer List klappen«, sagte Schildbert. »Und ich hab auch schon einen guten Plan.«
Jeder weiß, dass Piraten nichts mehr fürchten als Geister. Deswegen erklärte Schildbert, dass man diese fiesen Kerle ordentlich erschrecken müsste, um sie von der Insel zu vertreiben. Bis zur Dämmerung bereiteten die drei Freunde alles vor.
Als der Mond hoch oben über der Kakadu-Insel stand, schlichen sie sich zum Lager zurück, wo die Piraten um das Feuer herum saßen.
»Seid ihr bereit?«, flüsterte Pina. Ihre Freunde nickten.
Mit einem Wassereimer in der Hand kletterte sie in die Krone einer Palme. Nun befand sie sich genau über dem Lagerfeuer. Zwischen den dichten Blättern war sie so gut wie unsichtbar. Dann goss sie ihren Wassereimer auf das Feuer. Zischend und rauchend erlosch die Flamme.
Die Piraten sprangen erschrocken auf.
»Wieso ist das Feuer ausgegangen?«, fragte ein kleiner Pirat.

»Vielleicht hat es zu regnen begonnen?«, sagte ein anderer.
»Dummkopf«, knurrte der Kapitän. »Dann müssten wir doch auch nass sein.« Er zwirbelte seinen Bart um den Finger und grummelte: »Aber was war es dann?«
Das war das Stichwort für Schildbert. Pina hatte seinen Panzer mit nassem Sand eingerieben und eine Kerze darauf befestigt. Schildbert kroch auf die Piraten zu, und in der Dunkelheit sah es so aus, als ob sich die Kerzenflamme von alleine durch den Sand bewegen würde. Es war wirklich unheimlich!
Die Piraten wichen mit ängstlichen Gesichtern zurück.
Pina nahm eine halbe Kokosnussschale, hielt sie sich vor den Mund, damit ihre Stimme tiefer klang, und begann zu sprechen: »Ich bin der Geist der Kakadu-Insel. Ihr habt es gewagt, meine Ruhe zu stören. Das werdet ihr bereuen.«
Die Piraten standen zitternd beisammen und sahen sich ängstlich um.
»Verlasst sofort meine Insel, oder ich werde euch schrecklich bestrafen! Wer die Kakadu-Insel unerlaubt betritt, wird für alle Zeit verflucht sein.« Im Gebüsch raschelte es, und im Schutz der Dunkelheit huschte Ringo zu den Piraten.
»Au!«, kreischte der kleine Pirat. »Der Geist hat mich in den Zeh gebissen!«

»Mich auch!«, schrie ein anderer und sprang auf einen Baumstumpf.
Selbst der Kapitän hüpfte wild im Kreis herum. Dann brüllte er: »Diese Insel ist wirklich verflucht! Nichts wie weg hier, Männer.« Die vier Piraten liefen, so schnell sie konnten, zu ihrem Schiff und lichteten den Anker.
Pina, Schildbert und Ringo beobachteten vom Strand aus, wie sich das Schiff langsam auf das offene Meer zubewegte. Sie waren die Herrscher der Kakadu-Insel, und niemand würde sie jemals von hier vertreiben.

Prinzessin Hundegunde

Hundegunde war die schönste Hundeprinzessin im ganzen Land. Sie hatte ein seidiges schwarzes Fell, samtweiche Pfoten und Augen, die im Sonnenlicht wie Edelsteine funkelten.

Alle Hundeprinzen, die die Prinzessin erblickten, verliebten sich sofort unsterblich in sie. Aber Hundegunde wollte keinen von ihnen. Sie kannte diese königlichen Köter, die schrecklich eingebildet waren und sich nur für Gold interessierten. Niemals würde Hundegunde so einen heiraten!

Leider war Hundegundes Vater, König Kleinspitz, völlig anderer Meinung. Wie jeden Morgen saß er mit seiner Tochter beim Frühstück und löffelte sein drittes Frühstücksei.

»Äh … hmm …«, räusperte er sich. Er wusste, dass Hundegunde gleich in die Luft gehen würde, wenn er ihr von seinen Plänen erzählt hatte.

»Meine liebe Hundegunde«, begann König Kleinspitz, »heute ist ein ganz besonderer Tag.«

Hundegunde blickte von ihrem Teller auf und runzelte die Stirn.

»Heute … äh … ja, heute …«, sprach König Kleinspitz weiter. Er trank sich mit einem Schluck Tee Mut an und sagte dann: »Heute kommen drei wunderbare Prinzen auf das Schloss. Einen davon sollst du zum Mann nehmen.«
»Auf keinen Fall!« Hundegunde schmetterte ihren goldenen Teelöffel in die Tasse. »Ich WILL nicht heiraten! Und ganz bestimmt keinen von diesen aufgeblasenen Prinzenschnöseln.«

König Kleinspitz seufzte. Es half alles nichts: Er fand, dass eine Prinzessin unbedingt einen Prinzen brauchte. Deswegen musste er heute mal streng sein.
»Jetzt ist aber Schluss! Du wirst dir gleich das Fell bürsten, dein schönstes Kleid anziehen und freundlich lächeln, wenn die Prinzen kommen. Haben wir uns verstanden?«
»NEIN!«, bellte Hundegunde. Sie sprang von ihrem Stuhl

auf, der mit einem lauten Rums auf den Boden kippte. Dann lief sie aus dem Frühstückssaal und sperrte sich in ihrem Zimmer ein. Dort ließ sie sich auf ihr Bett fallen und trommelte mit den Fäusten auf das Kissen, bis die Federn flogen. Niemals würde sie einen dieser Prinzen zum Mann nehmen. Hundegunde wischte sich mit der Pfote die Wuttränen aus den Augenwinkeln und setzte sich auf. Ihr Vater wollte eine hübsche Prinzessin? Das konnte er vergessen! Hundegunde lief zu ihrem Schminktisch und nahm die Bürste. Dann kämmte sie ihr Fell so lange gegen den Strich, bis es wild nach allen Seiten abstand. Anschließend holte sie aus ihrem Schrank ein altes Kleid heraus, mit dem sie mal in eine Dornenhecke geraten war. Der zartgelbe, seidene Stoff war an vielen Stellen zerrissen und von den Rosenblüten mit rötlichen Flecken übersät. Hundegunde schlüpfte hinein und betrachtete sich lächelnd im Spiegel. Ja, das war genau der richtige Aufzug für diese wunderbaren Prinzen. Hundegunde verließ ihr Zimmer und schritt würdevoll den Flur entlang. Als der Diener sie kommen sah, rief er in den Saal hinein: »Hier ist Prinzessin Hundegunde!«

Die zerzauste Hundegunde ging mit hoch erhobener Schnauze in den Saal hinein. Der König saß auf dem Thron und starrte seine Tochter an. Links von ihm

hatten sich drei Prinzen aufgereiht. Hundegunde schnaubte verächtlich. Ganz rechts stand Prinz Pudel. Er hatte mal wieder jede einzelne seiner weißen Locken fein säuberlich frisiert. Daneben war Lord Labrador, der hochnäsig in die Luft starrte. Der Letzte in der Reihe war ein Ritter in einer glänzenden Rüstung. Dieser hatte sich noch nicht einmal die Mühe gemacht, sein Visier hochzuklappen, damit man sein Gesicht sehen konnte.
Prinz Pudel drehte sich mit vor Entsetzen geweiteten Augen zum König und flüsterte: »Hattet Ihr nicht gesagt, sie wäre liebreizend? Es tut mir leid, aber ich möchte mich doch nicht verloben. Meine Prinzessin muss schließlich neben mir stehen, während mich das Volk bejubelt.« Prinz Pudel tippelte aus dem Thronsaal, und jede einzelne seiner Locken wippte dabei.
Einer weniger, dachte Hundegunde und freute sich.

»Nun, Hundegunde«, sagte Lord Labrador und sah Hundegunde abschätzig an, »ich nehme mal an, dass Euch heute bei der Fellpflege ein kleines Missgeschick passiert ist. Aber mir wurde zugetragen, dass Eure Gesangskunst der einer Nachtigall gleichen soll. Würdet Ihr mir eine Kostprobe Eures Könnens geben?«
Hundegunde grinste. »Aber natürlich, werter Lord Labrador. Ich singe Euch mit dem größten Vergnügen etwas vor.« Die Prinzessin stellte sich direkt neben sein Ohr und begann zu jaulen. So laut, dass das Glas im Kronleuchter gefährlich klirrte. Lord Labrador hielt sich mit den Vorderpfoten die Schlappohren zu und rannte, so schnell ihn seine Beine trugen, davon.

Einer weniger, dachte Hundegunde und freute sich. Jetzt musste sie nur noch den Ritter in der glänzenden Rüstung loswerden. Doch anstatt wegzulaufen, fing er zu lachen an. »Bravo, Prinzessin Hundegunde. Ich bin wirklich beeindruckt von dieser Stimme. Damit könntet Ihr sogar einen

Troll in die Flucht schlagen. Und Eure wilde Frisur ist wirklich hübsch. Nicht so langweilig und brav.«
Hundegunde stellte die Ohren auf, denn sie glaubte, nicht richtig zu hören. Dieser Prinz fand die Vorstellung, die sie hier gerade gegeben hatte, gut! Sie hätte zu gerne gewusst, welcher Hund sich unter der Rüstung versteckte. Ob sie ihn wohl kannte?
»Würdet Ihr mir die Ehre erweisen und mich auf einen Spaziergang begleiten?«, riss der Prinz sie aus ihren Gedanken. Er streckte ihr den Arm hin. Hundegunde war so überrascht, dass sie sich tatsächlich bei ihm einhakte und mit ihm den Thronsaal verließ. Die beiden schlenderten schweigend durch den Schlosspark, bis sie beim Pferdestall ankamen. Die Prinzessin betrachtete verstohlen ihren Begleiter. Er war ganz anders als Prinz Pudel und Lord Labrador, und sie fand ihn richtig nett.

Der Prinz blieb vor seinem Pferd stehen und sagte: »Ich muss Euch übrigens noch ein kleines Geheimnis anvertrauen.« Er nahm seinen Helm ab, und Hundegunde starrte ihn überrascht an: Vor ihr stand ein Kater mit wunderschönen goldenen Augen!

»Mein Name ist Karl von Kartäuser. Bitte entschuldigt meine kleine List mit der Rüstung, aber ich wollte Euch unbedingt kennenlernen. Euer Vater hätte einen Kater gleich wieder weggeschickt.« Er sah betreten zu Boden. »Ich hoffe, Ihr seid nicht enttäuscht.«

Hundegunde strahlte ihn an. »Aber wieso denn? Ich mag Euch. Da ist es doch ganz egal, ob Ihr ein Hund oder ein Kater seid. Außerdem mache ich sowieso immer das, was ich will, und jetzt habe ich Lust, einen Ausritt zu machen. Kommt Ihr mit?« Kater Karl nickte lächelnd und half Hundegunde auf sein Pferd. Dann ritten die beiden zum Schlosstor hinaus.

Die Prinzessin im Gemälde

Das war also Paolas neues Zuhause. Oder besser gesagt, ihr neues Schloss. Ihre Freundinnen im alten Kindergarten hatten Paola alle bewundert: Sie durfte ab sofort wie eine richtige Prinzessin wohnen. Aber Paola war sauer. Wieso hatten ihre Eltern nur dieses blöde Schloss geerbt? Im neuen Kindergarten kannte sie niemanden, und in der Nähe wohnten auch keine anderen Kinder, mit denen Paola hätte spielen können. Sie war ganz allein.
Im Schloss herrschte ein großes Durcheinander. Überall standen Möbel, Kisten und Bücherstapel herum. Paola lag auf dem Bett und starrte in die Luft. Da klopfte es an ihrer Zimmertür. »Paola, kommst du zum Essen runter?«, fragte ihr Vater.
»Nö, keinen Hunger«, antwortete Paola und vergrub ihr Gesicht in der Matratze.
Als es dunkel war, schnappte sich Paola ihre Taschenlampe und tapste leise durch den Flur. Jetzt war sie doch hungrig. Irgendwo hier musste der Karton mit den Küchenvorräten stehen, und Paola wollte sich eine Packung Kekse holen. Aus dem Wohnzimmer drangen die leisen Stimmen ihrer

Eltern, aber die wollte Paola gerade wirklich nicht sehen. Sie betrat ein kleines Zimmer, das Mama den »Salon« nannte. Die Wand war mit einer gold-blauen Tapete verkleidet, und neben dem Fenster hing das Gemälde einer Prinzessin. Sie trug ein hellblaues Kleid, und in ihren geflochtenen Haaren steckte eine goldene Krone. Direkt darunter stand die Kiste, die Paola suchte, und sie begann, darin zu wühlen.

»Hallo!«, flüsterte plötzlich eine Stimme. Erschrocken riss Paola den Kopf nach oben und leuchtete mit ihrer Taschenlampe in alle Winkel des Zimmers, doch hier war niemand.

»Hallo«, flüsterte die Stimme noch mal. »Ich bin hier oben, genau über dir.« Paola sah auf und wäre fast nach hinten umgekippt: Die Prinzessin im Bild bewegte sich und redete mit ihr!

»Tut mir leid, dass du dich erschreckt hast«, entschuldigte sich die Prinzessin. »Ich habe mich nur so gefreut, dass endlich mal ein Mädchen in meinem Alter vorbeikommt. Hier ist es immer so langweilig.«

»Wieso kannst du mit mir sprechen?«, brachte Paola schließlich heraus. »Du bist doch nur ein Bild!«

Die Prinzessin kicherte. »Mein Porträt wurde vor dreihundert Jahren gemalt und in einen verzauberten Rahmen gesteckt. Wenn ich Lust habe, kann ich mit den Leuten draußen sprechen.«

»Das ist ja toll«, sagte Paola aufgeregt. »Wie war es denn früher so im Schloss?«

Die Prinzessin lächelte: »Komm doch einfach in das Bild und schau es dir an!«

Paola starrte sie mit offenem Mund an. »Das geht? Wirklich?«

Die Prinzessin nickte, und Paola sagte: »Dann möchte ich auf einen großen Ball gehen.«

»Oh ja. Darauf hätte ich auch mal wieder Lust«, antwortete die Prinzessin und streckte die Hand nach Paola aus. »Ich heiße übrigens Lisabella.« Paola stieg auf den Karton und griff nach ihrer Hand. »Und ich heiße Paola.«

Als sie Lisabellas Finger berührte, wurde sie in das Bild gezogen. Ein kalter Wirbelwind umhüllte Paola und drehte sie so lange im Kreis herum, bis ihr vollkommen schwindlig war. Dann hörte es plötzlich auf, und Lisabella sagte:

»So, wir sind da. Heute findet der königliche Frühlingsball im Schloss statt.« Die beiden kletterten aus dem Porträt auf eine Kommode. Lisabella sah Paolas Jeans an. »Jetzt müssen wir aber erst mal eine Prinzessin aus dir machen.«
Die beiden liefen durch die Schlossflure, bis sie vor einer wunderschön verzierten Holztür standen. »Das ist mein Zimmer«, sagte Lisabella und ging hinein. »Dort drüben ist mein Schrank. Such dir einfach etwas aus.«
In Lisabellas Schrank hingen die schönsten Kleider, die Paola je gesehen hatte. Sie waren aus feinster Seide und mit Goldfäden und Perlen geschmückt. Paola nahm ein zartgelbes Kleid heraus und fühlte sich schon jetzt wie eine richtige Prinzessin.
Als Paola fertig angezogen war, machten sie sich auf den Weg zum Ballsaal.
Durch die Tür drangen schon Musik und leises Stimmengewirr. Zwei Diener verbeugten sich vor den beiden Mädchen und öffneten ihnen die großen Flügeltüren. Der ganze Saal war von Kerzen hell erleuchtet. Überall standen riesige Vasen mit wunderschönen Frühlingsblumen. Die Frauen trugen prachtvolle Kleider, und die Männer hatten schicke Anzüge an.
Paola und Lisabella setzten sich an einen Tisch und aßen von den köstlichen Speisen: Brathähnchen, Weintrauben und kleine Törtchen. Währenddessen beobachteten sie die anderen Gäste beim Tanzen.

Da tippte Lisabella Paola auf die Schulter. »Mein Vater möchte bestimmt, dass ich dich ihm vorstelle.«

Der König saß auf seinem Thron und wippte mit seinem Kopf leicht zur Musik.

Lisabella machte einen Knicks und sagte: »Hallo, Vater, ich habe eine Freundin mitgebracht.«

»Wie ist denn Euer Name, werte Prinzessin?«, fragte der König Paola.

»Äh … äh …«, stotterte Paola. Sie dachte fieberhaft an die Prinzessinnen, von denen ihr Vater beim Umzug erzählt hatte. »Prinzessin Paola« hörte sich viel zu normal an. Und endlich erinnerte sie sich an einen Namen.

»Ich bin Prinzessin Sigismunde die Schöne«, sagte Paola und lächelte erleichtert. Der König hob eine Augenbraue, und Lisabella sah ihre Freundin entsetzt an. Mit einer Handbewegung gab der König den Musikern ein Zeichen, mit dem Spielen aufzuhören.

»So, so«, sagte er, und die Freundlichkeit war aus seinem Gesicht verschwunden. »Ihr seid also Sigismunde die Schöne. Allerdings ist Sigismunde bereits auf dem Ball.«

Eine Prinzessin mit kunstvoll frisierter Perücke und einem rosafarbenen Kleid trat hervor und warf Paola einen bitterbösen Blick zu. »Das kann dann nur bedeuten, dass Ihr …«

Der König deutete mit dem Zeigefinger auf Paola. »… eine Schwindlerin seid! Wachen, verhaftet sie!«

Paola war kreidebleich im Gesicht geworden. Bevor sie etwas sagen konnte, zog Lisabella sie schon am Ärmel mit sich. »Das ist alles nur ein Missverständnis, Vater«, rief sie. »Wir müssen nun leider los.« So schnell sie konnten, rannten die beiden Mädchen aus dem Ballsaal. Paola blickte sich um und sah einige Wachen, die ihnen hinterherliefen.

Lisabella keuchte. »Wir müssen nur das Bild erreichen, dann ist alles wieder in Ordnung.«
Endlich erreichten sie das Zimmer, in dem das Porträt von Lisabella hing. Die Prinzessin kletterte auf die Kommode und gab Paola die Hand. Gerade als die Wachen das Zimmer betraten, verschwanden die Mädchen im Wirbelsturm des Bildes.
»Puh, das ist gerade noch mal gut gegangen.« Paola atmete erleichtert auf. Lisabella kicherte. »Ich fand es richtig lustig. Komm mich bitte bald wieder besuchen. Und keine Sorge: Beim nächsten Mal haben sie alles wieder vergessen.«
»Auf jeden Fall«, antwortete Paola, dann sprang sie aus dem Gemälde und landete unsanft in dem Karton mit den Vorräten.
»Paola, bist du hier?« Ihr Vater erschien im Zimmer und schaltete das Licht an. Paola grinste. »Ja, ich wollte Kekse holen und bin in die Kiste gefallen.«
»Na, so was«, sagte ihr Vater. »Komm doch mit ins Wohnzimmer. Wir haben Kakao gemacht.« Paola schmiegte sich an ihren Vater und lächelte. Vielleicht würde es doch ganz toll werden, hier im Schloss zu wohnen: Schließlich hatte sie nun eine echte Prinzessin zur Freundin!

Super-Prinzess

Nur noch sieben Mal schlafen, dann hatte Linus Geburtstag. Fünf Jahre wurde er schon. Das war wirklich uralt, fand Linus. Deswegen durfte er in diesem Jahr auch ganz alleine entscheiden, welches Motto seine Party haben sollte. Nächtelang konnte er nicht einschlafen, weil er ständig grübelte, und schließlich hatte Linus einen Einfall: Er wollte eine Superhelden-Party feiern!
Nun gab es nur noch eine Frage: Welches Kostüm sollte er anziehen?
Linus saß mit seiner Mama vor einem Stapel Superhelden-Bücher. Gemeinsam blätterten sie Buch für Buch durch, um endlich eine passende Verkleidung für Linus zu finden. »Was sagst du zu dem hier?«, fragte Mama und tippte auf Snake-Man, der sich in eine Schlange verwandeln und jeden Verbrecher zu Mus zerquetschen konnte. Linus schüttelte den Kopf. »Nö. Paul und Jannick kommen schon als Snake-Man.«
»Und wie wäre es mit Robot-Man? Der sieht doch richtig gefährlich aus«, überlegte Mama. Doch Linus schüttelte wieder den Kopf. »Robot-Man geht sofort kaputt, wenn

er mit Wasser in Berührung
kommt.«
»Wenn du dich nicht bald entscheidest, werden wir keine Zeit mehr haben, um ein Kostüm zu besorgen.«
Mama seufzte. »Ich hol uns mal etwas zu trinken.« Sie stand auf und ging aus Linus' Zimmer.
Linus schaute sich noch mal die Bücher an, aber jeder Superheld war nur in einer Sache gut. Linus wollte jemanden, der alles auf einmal konnte. Da fiel ihm ein alter Comic von seinem Papa ein, den er mal im Keller entdeckt hatte. Die Heldin der Geschichte hieß Super-Prinzess. Sein Papa hatte ihm erklärt, dass Super-Prinzess die größte Superheldin aller Zeiten war: Wenn sie auf die Edelsteine ihrer Krone drückte, wurden verschiedene Geheimfunktionen ausgelöst: ein Laserstrahl, Flügel zum Fliegen, ein Nebel, bei dem alle Gegner einschliefen. Die langen Haare von Super-Prinzess waren auch sehr praktisch: Damit konnte sie die Verbrecher einfangen und anschließend fesseln. Außerdem beherrschte sie Karate, Judo und Kung-Fu. Und das alles in einem Kleid! Ja, sein Papa hatte recht: Super-Prinzess war wirklich die größte Superheldin aller Zeiten!
Als Linus seiner Mama begeistert erzählte, welches Kostüm er wollte, lächelte sie und sagte: »Okay, dann besorgen wir dir ein Super-Prinzess-Kostüm.«

An seinem Geburtstag war Linus schrecklich aufgeregt. In der Früh hatte er seine Geschenke ausgepackt und anschließend mit seinen Eltern die Party vorbereitet. Nun stand er in seinem Zimmer und schlüpfte in sein Kostüm. Ein bisschen ungewohnt war es schon, mit einem Prinzessinnenkleid herumzulaufen. Aber noch viel seltsamer fühlte sich die Perücke auf seinem Kopf an. Sie war blond und reichte bis zu Linus' Po. Er drückte auf den grünen Edelstein auf der Krone und stellte sich vor, dass ein Laserstrahl die Tür öffnen würde. Tatsächlich wurde sie in diesem Moment aufgemacht, und seine Mutter stand vor ihm: »Kommst du raus? Deine Gäste sind da.«
Draußen im Garten standen schon seine Freunde Jannick, Paul und Ali.
»Wie siehst du denn aus?«, fragte Jannick und betrachtete Linus mit gerunzelter Stirn.

Paul kicherte. »Linus hat ein Mädchenkleid an.«
Linus warf sich seine Haare über die Schulter und sagte: »Ich bin Super-Prinzess. Die größte Superheldin aller Zeiten.«

»Wer sagt denn so was?«, wollte Ali wissen. »Prinzessinnen können gar keine Superhelden sein. Die haben immer Angst und müssen gerettet werden.«

Linus verschränkte die Arme vor der Brust. »Super-Prinzess nicht. Sie ist besser als alle Superhelden zusammen.«

Bevor einer seiner Freunde noch etwas antworten konnte, rief Linus' Mama: »Es gibt Kuchen.« Und damit war der Streit erst einmal vergessen.

Nachdem die Freunde einige Partyspiele gemacht hatten, gingen sie in den hinteren Teil des Gartens zu Linus' Kletterturm.

»Kommst du da überhaupt rauf mit deinem rosa Kleid?«, fragte Jannick, und die anderen kicherten.

»Klar, sogar noch viel besser als du«, rief Linus. »Wer schneller oben ist!«

Beide Jungen begannen, die Leiter hinaufzuklettern. Linus lächelte, denn er hatte einen schönen Vorsprung. Er musste nur noch

wenige Sprossen erklimmen, dann war er oben und Jannick hatte verloren. Doch als Linus nach unten guckte, war Jannick immer noch an derselben Stelle.
»So ein Mist«, rief er. »Mein Schlangenschwanz hat sich in der Leiter verheddert. Ihr müsst mich befreien!«
»Wie sollen wir das denn machen?«, antwortete Ali und machte ein ratloses Gesicht.
»Ich hol lieber mal Linus' Eltern«, sagte Paul und lief davon. Doch Linus zögerte keine Sekunde. Er war Super-Prinzess und würde Jannick retten! Er stieg die Leiter wieder hinunter, bis er bei Jannick war. Mit der einen Hand hielt er sich an der Sprosse fest, mit der anderen entknotete er Jannicks Kostüm. Als er gerade fertig war, kamen Linus' Eltern mit Paul angelaufen. Jannick sah Linus mit ehrfurchtsvollem Blick an und sagte: »Danke! Du hast wirklich recht gehabt. Super-Prinzess ist die tollste Superheldin aller Zeiten. Ich werde meiner Mama sagen, dass ich genau das gleiche Kostüm haben will!«

Die Ritterin

Es war ein wunderschöner, sonniger Tag. Genau das richtige Wetter, um über die Hügel des Königreiches zu reiten. Doch daraus wurde leider nichts, denn Prinzessin Friederike stand im kühlen Turm des Schlosses und musste Singen üben.

»So, Prinzessin! Nun wollen wir die Tonleiter in C-Dur versuchen«, sagte die Musiklehrerin Madame Capella und spielte einige Tasten auf ihrem Klavier.

Friederike stöhnte. Sie hasste es, zu singen. Weil ihr aber nichts anderes übrig blieb, sang sie lustlos »La-la-la-la-la…« und beobachtete Madame Capella, die bei jedem falschen Ton ihr Gesicht verzog.

»Wir müssen dich doch auf deinen großen Auftritt beim Turnier vorbereiten, wenn du für den Sieger das Lied des tapferen Ritters vorträgst«, ermahnte ihre Lehrerin sie.

Friederike starrte auf den Boden. Es war so unfair! Sie wollte kein Lied über einen tapferen Ritter singen, sie wollte selbst der tapfere Ritter sein. Doch in ihrem Königreich war dies nicht erlaubt. Prinzessinnen mussten schöne Kleider tragen und natürlich lieblich singen.

Endlich war die Gesangsstunde zu Ende. Friederike lief aus dem Schloss. In einem kleinen Wäldchen wartete schon ihr bester Freund Richard auf sie. Er saß auf einem Stein und kaute auf einem Grashalm herum. »Da bist du ja!«, rief er. »Ich warte schon eine Ewigkeit auf dich.«
Friederike stöhnte. »Madame Capella hat mich mal wieder nicht gehen lassen. Sie will unbedingt, dass mein Auftritt gut wird, aber ich denke nicht, dass ich mich bis dahin verbessern werde.«
»Singst du mir das Lied des tapferen Ritters vor? Ich würde es so gerne mal hören«, bat Richard.
»Na gut.« Friederike seufzte. »Aber nur, wenn ich danach mit deinem Schwert üben darf.« Sie räusperte sich und begann zu singen. Richard lauschte seiner Freundin und sang dann ebenfalls mit. Seine Stimme war so glockenhell, dass Friederike eine Gänsehaut bekam. Als das Lied zu Ende war, sagte Friederike: »Du kannst das viel, viel besser als ich.«
Richard legte ihr den Arm um die Schultern und drückte seiner Freundin sein Holzschwert in die Hand. »Dafür kannst du besser kämpfen.«
Friederikes Miene hellte sich auf. Sie stellte sich in Kampfposition und stach auf einen Holunderstrauch ein. »Nimm dies, du hinterhältiger Raubritter!«, rief sie und machte ihn um einige Zweige kürzer.
»Ich habe überhaupt keine Lust auf dieses blöde Turnier«, sagte Richard. »Bestimmt werde ich mich total blamieren.«

»Pah!«, antwortete Friederike. »Und ich mich erst! Alle werden über mich lachen, wenn ich keinen einzigen Ton treffe. Es wäre so schön, wenn …«
Gedankenverloren drehte Friederike das Schwert in ihren Händen. Gerade hatte sie einen großartigen Einfall gehabt.
»Richard, wir könnten beim Turnier doch einfach die Rollen tauschen.«
»Wie meinst du das?«, fragte Richard und kniff die Augen zusammen.
»Ganz einfach«, rief Friederike. »Ich zieh deine Rüstung an und mache den Schwertkampf für dich, und du singst in meinem Kleid und einem Schleier über dem Kopf das Lied.«
Richard sah seine Freundin an, und ein Grinsen breitete sich auf seinem Gesicht aus. Friederike streckte ihm die Hand hin. »Also, abgemacht?«
Richard schlug ein und antwortete: »Abgemacht!«

Am Tag des Turniers herrschte großer Trubel vor dem Schloss. Richard und Friederike waren im kleinen Wäldchen, um sich dort umzuziehen.
Richard half seiner Freundin beim Anlegen der Ritterrüstung. Sie war viel schwerer, als Friederike gedacht hatte. Richard schlüpfte kichernd in das Kleid. Er setzte sich eine weiße Haube auf den Kopf und zog einen Schleier über sein Gesicht. Friederike betrachtete ihn und grinste: »Toll, so erkennt dich wirklich niemand. Du siehst aus wie ich.«
»Und du siehst aus wie ich«, sagte Richard.
Auf dem Turnierplatz wurden sie schon von der Königin und dem Turniermeister erwartet. Die Königin nahm den verkleideten Richard an der Hand und sagte: »Friederike, wo bleibst du denn? Setz dich bitte auf deinen Thron.«
Friederike in der Ritterrüstung wurde währenddessen auf eine Holzbank vor dem Turnierplatz geschoben.
Um sie herum verstummten die Leute. Der König hatte zu sprechen begonnen: »Meine lieben Gäste. Ich begrüße euch zum großen Turnier auf Schloss Eulenstein. Heute treten

unsere kleinen Ritterkinder gegeneinander an.« Er zwinkerte seinem Volk zu. »Um Verletzungen zu vermeiden, natürlich nur mit dem Holzschwert. Hier sind Stanislaus von Storchenbein und Ritter Richard!«
Friederike stand auf. Ihr Herz pochte unter der Ritterrüstung. Sie hatte so oft mit dem Schwert im kleinen Wäldchen geübt. Aber hier zu stehen, war doch etwas anderes. Sie wollte unbedingt ihr Bestes geben.
Stanislaus und Friederike stellten sich voreinander auf und nickten sich kurz zu. Dann erhob Stanislaus sein Schwert, doch Friederike wehrte den Angriff geschickt ab. Die beiden duellierten sich, bis sie am Rand des Turnierplatzes angekommen waren. Stanislaus konnte keinen Schritt mehr nach hinten gehen, und Friederike hielt ihm das Holzschwert an die Brust.
»Sieger des Kampfes ist: Ritter Richard!«, rief der Turniermeister, und die Menge jubelte. Auch die anderen drei Ritter besiegte Friederike mühelos, und als Gegner Nummer fünf auf dem Boden lag, kam der Turniermeister zu ihr, nahm ihren Arm und riss ihn in die Luft.

»Meine lieben Gäste, einen großen Applaus für den Gewinner des Turniers!« Während die Menge Beifall klatschte, kamen der König und die Königin auf den Platz und schüttelten Friederike die Hand. »Ich freue mich nun sehr auf meine Tochter, die uns das Lied des tapferen Ritters vortragen wird«, sagte der König,

und Richard stieg von der Tribüne. Er stellte sich neben Friederike. Auf dem ganzen Turnierplatz wurde es mucksmäuschenstill. Dann begann Richard zu singen, und alle lauschten seiner wunderschönen Stimme. Als er geendet hatte, klatschten die Leute begeistert Beifall.
Der König nahm einen Kranz, der mit weißen Schleifen umwickelt war, und drückte ihn »Friederike« in die Hand. »Nun ist es so weit. Prinzessin Friederike darf Ritter

Richard zum Sieger krönen.« Der König zog an »Richards« Helm. Die Königin begann, an »Friederike« Schleier herumzuzupfen, und sagte: »Wir wollen doch dein schönes Lächeln sehen.« Und bevor sich Friederike und Richard dagegen wehren konnten, waren ihre Gesichter vor allen Gästen entblößt.

»Aber … aber was ist denn hier los? Friederike!«, rief der König.

»Tut mir leid, Papa«, sagte Friederike. »Wir wollten einfach mal das machen, was wir gut können. Richard singt so wunderschön. Na ja, und ich bin besser im Schwertkampf. Deswegen haben wir die Rollen getauscht. Warum dürfen wir nicht das machen, worin wir gut sind?«

Der König dachte einen Augenblick darüber nach. »Du hast recht, meine weise Tochter. Eigentlich sollte jeder das tun, was er gut kann und was er liebt. Ich ernenne dich, Friederike, zur ersten Ritterin auf Schloss Eulenstein, und Richard wird unser offizieller Hofsänger.«

Die beiden Freunde fielen sich in die Arme. Das war der glücklichste Tag ihres Lebens!

Hallo, liebe Vorleser!

Hättet ihr gedacht, dass es so viele verschiedene Prinzessinnen gibt? Manche leben unter Wasser, einige sind verzaubert, andere ganz normale Kinder und eine Prinzessin ist sogar ein kleiner Hund. Es hat mir großen Spaß gemacht, dieses Buch gemeinsam mit euch vorzulesen. Ich liebe es, zusammen mit Kindern in die Welt der Fantasie abzutauchen – schön, dass ihr uns dabei begleitet habt.

Wusstet ihr eigentlich, dass …

… Kinder sich beim Vorlesen ganz toll entspannen und zur Ruhe kommen?
… Vorlesen Geborgenheit schafft und wertvolle gemeinsame Stunden schenkt?
… Kinder durch Geschichten ihren Wortschatz erweitern und ihre Ausdrucksfähigkeit und Kreativität gefördert wird?
… durch Vorlesen wertvolle Rituale geschaffen werden?
… Vorlesen in Kindern Welten öffnet und die Fantasie der Kinder beflügelt?

Also, verleiht Kindern Flügel: Lest vor!
Bis zum nächsten Buch!

Euer
Kleiner Fuchs

Was lesen wir als Nächstes vor?
Susanne Weber
Kuscheligе Gutenacht-Geschichten
ISBN 978-3-7707-0115-5
Astrid Gapfrich
Lustige Abenteuer-Geschichten
ISBN 978-3-7707-0118-6
Janosch
Der kleine Tiger wünscht sich Tigerfreunde
ISBN 978-3-7707-0091-2
Mascha Matysiak
Fröhliche Bauernhof-Geschichten
Mit Bildern von Rike Janssen
ISBN 978-3-7707-0155-1
Kathrin Lena Orso
Zauberhafte Prinzessinnen-Geschichten
Mit Bildern von Steffie Becker
ISBN 978-3-7707-0120-9
Weitere Informationen unter:
www.ellermann.de
ellermann
DER VORLESEVERLAG